畦道《あぜみち》の詩《うた》

堀田京子詩集

コールサック社

詩集

畦道《あぜみち》の詩《うた》

目次

Ⅰ章　畦道《あぜみち》の詩《うた》

Ⅱ章　私が子供だった時

Ⅲ章　愛の歌

Ⅳ章　あれから72年

詩集

畦道《あぜみち》の詩《うた》

堀田京子

序詩　もういいかい

もういいかい

もういいかい
まーだだよ
哀しみの後ろに
喜びが隠れている

もういいかい
まーだだよ
絶望の後ろに
希望が隠れている

もういいかい

もういいよ
孤独の後ろに
自由が隠れている

Ⅰ章　畦道《あぜみち》の詩《うた》

耳をすませば

春はかげろう　畦道小道
ものみな芽吹く　四月の空に
若草萌えて　そよ風に舞う
野原はレンゲの　花盛り
菜の花や　甘い香りに酔いしれて

春はゆくゆく　なつかしの道
小川の水は　ささやいて
畦道の草　よみがえるとき
溢れる大地に　降り注ぐ光
青空高く　ひばりときめく

春はらんまん　愛しの小道
耳をすませば　聞こえてくるよ
生きとし生ける　もの達の声
新しき命　歓喜の歌
ひびき行け　野に山に

なずなの詩

七草なずな　七草粥に
春の野に　なで菜
なでるように愛でる
十字型の白い花
いつの日か
かんざしとなり
「全て君に捧ぐ」の花言葉
逆三角形の愛の花
遠き日の思い出は
それぞれのハートの中に
ペンペンと三味の音
耳元に優しく響く

つくし

つくし誰の子　スギナの子
スギナの母さん　かくれんぼ
スギナの父さん　とっぴんしゃん
そこへモグラが　もっこらしょ
つくしの坊やは　ビックリポン

ねこやなぎ

春まだ浅い水辺に生きる
ねこやなぎ
褐色の固い芽を膨らませ
やさしい春を待つ
せせらぎの音に誘われて
銀色の蕾がはじける
猫の毛なみのようにフワフワと
柔らかくしなやかなビロードの装い
にょきっと咲いて輝く自由をうたう
恋の季節にふさわしいねこやなぎ
おもいのままの美しさ

ユキノシタ

日蔭の花よ　ユキノシタ
地味がいい　地味でいい
そんなお前が　一番似合う

ハルジオン

かしらうなだれつぼんでる
追想の花よ
貧乏草の名前にも動ぜず
石の割れめに自分の居場所
強く根を張り光に向かう
長身のあなた
自信に満ちて
恥じらいながら　白く咲く
天を目指して　まん丸く咲く
風になびいて　たおやかに
夢と希望の花よ　ハルジオン

花

蒔かれたところに
根を張り生きる
誰が見ていなくても
太陽に向かって
愛の花を咲かせる
一片の花びらは
愚痴もこぼさず
地に還り　やがて
新しい命を　育む
花には神様がおられるのですね

桜

春雷の　過ぎさり行かば霞たち
百花繚乱　春　爛漫
青い空には　桜が似合う
春をうたう　ヒヨドリたちよ
歓喜の声の高らかに　とまれや遊べ
花ついばみぬ　枝から枝へ
ブランコゆれて　お前も揺れる
花びらこぼれて　この手のひらに
我が心にも　春舞いおりぬ

さくら　さくら

咲くもよし　さくら　さくら
散るもよし　さくら　さくら

青葉の頃よし　さくら　さくら
色づけば散りゆく　さくら　さくら

あとは裸で寒い冬　耐えて忍んで　春を待つ
いくたびか　春を迎えていくたびか　冬を越し
さくら　さくら　齢《よわい》重ねて　天に至る

たんぽぽ

明るい朝くりゃ　パッと咲いて
暗い夜には　サッと眠る
いさぎよい　たんぽぽさん
まんまる綿毛は　天使になって
五月の空を　さまよいあるく
風の吹くまま　気のむくままに
ついた所が　あなたの居場所
たとえ大地が　揺れ動こうが
あなたは動じないＤＮＡを　もっている
強く逞しく　くじけず生きる
しっかり根を張り
金色《こんじき》の花を咲かせる　タンポポさん

大樹

あなたが素晴らしいのは
大地に深く根を張り　しっかりと
立っているからなのですね

あなたが優しいのは
厳しい気候にひたすら　耐えて
より強く　生きているからなのですね

両手を広げてあなたを抱けば
わたしの心もなごんできます
あなたの息づかいが私の胸にあたたかい

ああ　牡丹の花や

牡丹の花咲き　七重　八重
妖しき香りに　酔いしれる
君を慕いて　蝶になる
小雨が降れば　私は傘に
風吹けば　心もゆらぐ
舞い上がり　あなたのもとへ
野越え山越え　里越えて
飛んでゆきたい　私です
落日の　儚い恋は五里霧中
あでやかに　つややかに
ああ　牡丹の花や　ときめきて
今を盛りと　咲き誇るかな

より遠くへ

植物は歩くことはできないけれど
タネはとっても　旅が好き

ヤシの実は　大海原へどんぶらこ
見知らぬ世界へ旅に出る

タンポポは　綿毛のパラシュート
風に乗り新しい世界へ　旅に出る

赤い実は　より赤く熟れ鳥さんに
食べられ遠い地に　夢運び行く

サクランボ

今年も　また　サクランボが実り
輝く　恋の季節が　やってきた
若者たちは　肩寄せ合い
腕を組んで　寄り添って歩く
私もかつては　咽ぶような
この季節を　楽しんでいた
今はもう　遠い日の事
懐かしい　思い出は
サクランボの　色のように鮮やかに
私の胸に　灯を燈す
逆立ちしたり　寝転んだり　しながら

うたった　あのシャンソン
今も　なつかしく　心をこめて　歌うよ

合歓《ねむ》の花

鳥よお前は知っていますか
魚よお前は分かっていますか
獣たちよお前は考えていますか

自分がいつ死ぬなんて
知っているようで　誰も分りはしない
分かっているようで　誰も知りはしない

考えたって始まらない
けれど確かなことは
いつか死ぬということ

時は待ってはくれない

合歓の花が咲いている
私はときめき今ここに
そしてあなたも今ここに
それでいいではないですか
何かいいことありそうな

シロツメ草

原っぱに　夏が来た
シロツメ草の　花が咲いたよ
清楚な身なりで　さっそうと
あっちに　こっちに花盛り
薄紅色に　頬染めて
はにかみながら　イナバウワー
風に揺られて　愛をささやく
キリギリスの子が　やってきて
四つ葉のクローバー　見つけたよ
希望・信頼・愛情・勇気
幸せを呼ぶ　クローバー

素晴らしい健康
そよ風さわさわ　いい気持
イーヨ　イーヨと　なく小鳥

懸命に花冠を作った　あの日あの頃
見上げれば　わた雲が飛んで行く
思い出乗せて　夏真っ盛り

高嶺の花よ

老い楽の　恋を歌えば　風かなし
タイ釣り草　そよぐ風に身をゆだね
朝霧の中にたたずみぬ
霧しまつつじの燃えるを見れば
我が想い　風になり
あなたのもとへ運び行け
時移り　滅びゆくもの哀れなり
綺麗なものには　毒有りとしるべし
高嶺の花よ　シャクナゲよ

石榴《ざくろ》

ザクロは　甘くて酸っぱい
ふるさとの味がする
鬼子母神を思いだす
根も葉も薬用になるという
ぽかんと口をあけたままのザクロ
ぎっしり実が詰まっている
一粒一粒に沢山の思いで
まるで宝石のように輝いている
タネを一度に吹き飛ばせば
昔の彼を思いだす

かなぶんぶん

ひっくり返って死んだふり
したってお前は生きている
分かってるんだよ　お見通し
お腹をポンと触ったら
怒り狂ってブンブンブン
泡吹き羽ばたき飛んでった
カンカン照りのおてんとさん

カミキリムシ君

落ち葉の中に　カミキリムシ君
落ち葉みたいな服を着て
なりすましたってわかるんだ
お前は凶悪なその顎で
樹液を吸いつくす悪党だ
枯れるまでやる
それがお前のやり方だ
キイキイわめくな
問答無用
といってもお前も生きるための術
大自然の法則があるのだから

バッタ

しその葉大好き　バッタさん
ロンドンパリーのお目々して
葉っぱの裏に　かくれんぼ
お前の楽しみ　食べること
糖質抜きで　スリムな体
脱皮も上手な　バッタさん
バッタ　バッタ　機織れ
機織れバッタ
一反　織ったら休ましたるよ
お前の　父さんが待っている
お前の　母さんが呼んでいる

バッタの織物　草の色
出来たら　ご褒美　上げましょう

アゲハさん

息絶え絶えのあげはさん
細い足をかすかに震わせて
美しい羽を閉じたまま
お前はまだ名前もつけてもらってないに
家の養子にきておくれ
ミカンの葉っぱで病を治し
私と一緒に暮らそうよ

蚊

あなたのおかげで眠れない
何度も起きては敵を待つ
私が寝るのを待ってやって来るあなた
二人の対決　夜は更ける
生きるため食わねばならぬあなた
眠るため消えてもらわねば困る私
目が覚めた時
彼は私の隣で寝ていた
手に取ると鮮血が飛び散った
腹いっぱい私の血を飲み
満足の行く一生だったに違いない

スイッチョさん

スイッチョさん
駆け込み乗車はいけません
ねっこけた振りしてとぼけていても
車掌さんは見てますよ
六本足のスイッチョさん
立派なおひげに燕尾服
間もなく終点
そろそろおめめを覚ましたら
　それではおいとまいたしましょうか
手足スリスリ身だしなみ
おひげフリフリピンピンピン

カッコなんかつけちゃって
素敵な彼女に会えるといいね

蟬

土の中でけなげに暮らして七年目
土の中は寒くはなかったかい
地上に出ればそこは灼熱天国
カブトやクワガタのように
珍重されることもなく
恋の成就のため　死に物狂いの日々
ミンミンジジジーツクツク　モーイイヨー
うるさいと言って追い払われようと命がけ
タイムリミットは一週間
相手を見つけなければならない
シャワーのような蟬しぐれ

お前は習い事もせず、大学も行かず
就職せずともよし
裸一貫一本勝負
次世代のため　子孫を残す使命を果たす
アスファルトのフライパン
明日は路上にひっくり返る亡骸
カラスのえさになるのみだ
抜け殻は　木の枝にそのまま残り
地面の抜け穴は　うつろな口を開けたまま
私は一週間で何をしたというのだ

蜘蛛

蜘蛛よお前は　天才だ
あの美しい網を　パソコンなしで計算できる
場所探し　枠取り　そして縦糸横糸の配分
誰にも頼らず　一夜で張り巡らす凄い腕
自らも糸で命をつなぎ　餌をゲットする
巣は　一夜にして畳み込み　再利用
再生可能だなんて　誰が想像しようか
ダーウィンさえ　解析不可能な神秘の世界
数々の種類あれど　我は我なり
家蜘蛛は家蜘蛛なりに　食べ物を探し
土蜘蛛は土に生き　丈夫な袋を住処に生きる

雷蜘蛛は雷のように　激しく獲物を襲う
ジョロウグモは　ジョロウグモのやり方で
あの黄色と黒の　お尻の模様を武器に生きてゆく
蜘蛛よお前は楽しいのかい　哀しい事もあるのかな
蜘蛛の泣き声など　聞いたことがない
声をこらえているのかい　言語なしとも合点だ
空木の蜜に罠かけて　お前は待ち伏せ
ハチは命を落としたさ　もがけどもはりつけ獄門
蜘蛛さんの餌食になって　あの世に行くさ
読んで字のごとく　蜘蛛は何でも知っている

くちなしの花

1

沈黙の花
ほのかににおう
白い花　私は
今ここにいる
もう何も言うことはない
幸福すぎて

くちなしの花
恥じらいの花
うつむいて
唇とじる　私は

もう何も言うことはない
有難すぎて

2

くちなしよ
何も語らず白く香る
お前は見る目をもってるね
蛾の幼虫に葉をあげて
たとえこの身は滅ぶとも
戦争への道は歩ませないと
茜色に熟れて輝く実
お前は聞く耳もってるね

つばめの歌

若いツバメが　空を飛び交うよ
つばさ寄せ合い　歌いつつ
明日を　夢みるツバメたち

ひな鳥は　巣立ちゆき　今は　ただ二人きり
思いのたけを　語りて　飛び行け
自由の空へ　南の国へ

ノーゼンカズラ

今年も咲いたよ
ノーゼンカズラ
青い空に向かって
オレンジの炎を燃やし
栄光の
ファンファーレ
トランペット吹き鳴らす
元気の花よ　夏の花

酔芙蓉

生まれたばかりは白い花
光を受けて微笑めば
頬べにつけてべっぴんさん
一晩寝たら酔い潰れ
花の命は消えて行く
かわりばんこに咲く花よ
あなたの名前は酔芙蓉
誰がくれたかＤＮＡ
秘密の花園　おしべはめしべに首ったけ
優しい花よ酔芙蓉

母子草

コンクリートの割れ目に
寄り添って咲く　母子草
小さな花の命
猛暑を耐えて咲かせた
もこもこした　黄色い花
じっと眺めていた

お出かけ

私がお出かけしてる間《ま》に
百日草はしぼんで枯れた
私がお出かけしてる間に
柿もミカンも色づいた

バラのつぼみは花開き
優しくほほ笑みかけている
金魚たちはおなかをすかし
私の帰りを待っていた

蓑虫

風に揺られて　蓑虫君
おどけた顔して　浮世を見てる
蓑にくるまり　ブーランコ
自然に学べと　言っている
命綱　枝に繋いで　秋はゆく
今日の一日　満ち満ちて

彼岸花

1

一本手折りて　私の髪に
二本手折りて　父母《ちちはは》に
三本目には　あの人に
真っ赤な血の色　彼岸花

白く咲くのは　あなたのために
赤く咲くのは　わたしのために
クリーム色は　あのこのために
ゴンシャン*　ゴンシャン燃えて咲く

まだ見ぬ明日の　命のために

祈りを込めて　咲きました

＊ゴンシャン……べっぴんさんの意

2

狐花　毒花　地獄花　提灯ババアに歯っかけジジイ
なんと言われようが　あなたはあなた
ほーら　こんなにきれい
極楽浄土に咲いた花
青い空に　両手を広げ
微笑んで咲く　愛の花
哀しい情熱　天上の花

ダルマ菊

私は野に咲くダルマ菊
あるがままのだるま菊
秋風吹けば
ススキたなびき赤とんぼ
流れる雲は夢はこび行く
鳴く虫の音色侘しき十三夜
自らを由としダルマ菊
自分を信じて生きてるの

へっぴり野郎

へっぴり虫よ　お前を逮捕する
覚悟はいいか
容赦はせんぞ
私のソファーを独り占め
終身刑は可哀想
執行猶予で許してあげる
柿の葉に帰るべし
たとえ屁の中水の中
命あってのものだね

皇帝ダリア様

青い空にはあなたが似合う
やさしいピンクの花つけて
まん丸つぼみのパレードだ
朝露浴びて輝いて咲く
高貴な乙女の祈り　真心の花
皇帝なのに威張らない
自分を肯定しているからね
地に足つけて天めざす
遠いふるさと偲びつつ
雨ニモマケズ
風ニモマケズ

冬ノ寒サニモマケズ
凛と立って咲く

ただいま

私がお出かけしてる間《ま》に
いつしか雪が降りました
野原は一面銀世界
金魚もめだかも動かない
アロエはうなだれ凍えてた
陽だまりのシクラメンだけは
優しくほほ笑み花盛り
ただいまと私が言うと
オナガもすずめもやってきた
お腹がすいてたまらないと
大きな声でご挨拶
私の帰りを待っていた

ときめいて

ときめいて　花が咲く　ときめいて　虫が鳴く
ときめいて　風が歌う　ときめいて　鳥が啼く
ときめいて　暮らせば　蛙ケロケロ　踊りだす

犬はワンワン　猫ニャーニャー
牛はモーモー　馬ヒヒヒーン

ときめいて　恋をする　ときめいて　旅をする
ときめいて　生きる　ときめいて　人生に　ピリオドを打つ

お地蔵様

わたしをいい子にして下さい
お守り下さい　お地蔵様
祈ったら
いい子になれたような気がした
お守りされているようで安心した
お地蔵様ありがとう
赤いエプロンよだれかけ
作ってお返しいたしましょ

Ⅱ章　私が子供だった時

私が子供だった時

おはようさん
おてんとさんにご挨拶
今日も　元気で　よろしゅうたのもう

人差し指は　歯ブラシだ
塩ちょっとつけて　ごしごしごし
すっ歯　味噌っ歯　歯っかけ小娘

おかっぱ頭にゃ　モズの巣できた
頭洗うなら　うどんの茹で汁
つやつや黒髪ひかってる

真っ白けのＤＤＴ
シラミをすくならつげの櫛

父のアイゼン　足に括り付け
よろよろしながら　あそんだ日
桐の花がこぼれていたよ

ニッキの木　根っこをほじくり
みんなで　かじったよ
今でも　懐かしい味

燃える秋　栗が笑《え》んで　待っている
朝一番に　栗拾い
あまちん栗　かっちん栗
おこしがしろくて

ちょうどいっかんかした

麦飯　粟飯　まだかいな
芋飯　ダイコン飯　もういいよ
はじめちょろちょろ　なかぱっぱ
かまどの煙が　目に染みる
けむったくて　涙がぽろり

焼きもちこねこね　灰の中
火吹き竹で　火を起こす
ジリ焼きじりじりほうろく鍋で
お好み焼きの親せきできた

葬式饅頭　ありがたや
ご祝儀こながし　うんまいな

鵜の目鷹の目　羊羹みつめ
じゃんけんぽんで　分け合いました

さんまは切って半分こ
頭か尻尾か　真剣勝負
油ジュウジュウ　いいにおい
七輪の煙たなびく秋の晩方

教科書は隣りんちから譲り受け
母の作りし布カバン
小刀はすぐれもの
ダルマっ削りの鉛筆なめて
じーかいて　ポンポン
裸足で歩けば　小石が当たる

ゴムのズックは　すぐれもの
自転車乗りなら　三角漕ぎだ
婦人のりなら　立ち漕ぎだ

生さつま芋　甘くてうんまい
白いお乳は　べたべたで
手のひらいつしか　まっくろけっけ

刈田にゃ　たにしどん
切り株のわきに　隠れてる
穴ぼこほじくりゃ　すぐとれる

袋を片手にイナゴとり
葉っぱの裏に　逃げたって
問答無用　ゲットっと

茶色い唾液は大嫌い

おけらケラケラ　川っぷち
笑えばアメンボ踊りだす
底ではシジミが　アッカンベー

ヒシの実採りは楽しいな
黒くて三角堅い殻
開けてびっくり　真白い実

燃し木とり　とげには注意
ハチにも注意
束ねて今夜の風呂わかそ

男の子　猫じゃらしをむしり取り

かわいい女の子　からかいあそぶ
女の子　オシロイバナで　化粧する
ホウセンカ　はじけて飛び散り　大変身
二重瞼の女の子

おんばこの穂を引き抜いて
負けるが勝ちよの　引っ張りっこ

ムカゴ実れば　鼻ゴンゴン
なめてつければ天狗さん
子芋はつみとり今夜のおかず

数珠玉を　集めて作る　首飾り
数珠玉を　集めてお手玉出来上がり

青だいしょう　首にまきまき男の子
ハチの巣　生捕り　ハチの子戴きペロリンコ
乳の味だと自慢する
ハチの子ご飯は　食えなんだ
キャーキャー逃げるは女の子

川の流れは　美しい
小石でかこい　夢の池
素足でじゃぶじゃぶ遊びます
お砂はさらさら　足から逃げて
ドジョウはにょろにょろ　つかめない
水がひければ　シジミの世界
小穴を掘れば　ザクザクとれる

とおかんや　ぶったたけ

ゆう飯食って　ぶったたけ
父の作ったわらでっぽう
中には芋がら入ってる
モグラドンは逃げて行き

どんぐりの　お帽子集めて
指先に付け
わたしは魔法使いの姉さんよ

ちち（土）蜘蛛　ちち蜘蛛　天まで上がれ
地の底が燃えてるぞ
蜘蛛をだまくらかし　ゲットする
ちち蜘蛛とりは　たのしいね
蜘蛛の巣　からめて　虫を捕る

指切りカマキリ　嘘ついたら
地獄の窯へ　つきおとされんべ
嘘は　泥棒の始まり　だって
針千本　飲めねえな
針の山は痛かんべーのー
痛けりゃイタチの　糞つけろ

しょんべん飛ばしの男の子
放水スタート用意ドン
ミミズにかけたらあかんでよ
チンコが腫れてしまうから

子供は猫の手
朝飯前には　拭き掃除
学校終われば

飯たき　釜たき　家事全般
田んぼの仕事に脱穀　草刈り
へちま洗いにタバコ葉乾し
冬は縄ない　まぶし織り
養蚕桑取り　土方仕事まで
そこに　居場所があったから
小さな便利屋シンデレラ

プラスチックも
レトルト食品も
なかった時代
竹の籠　や　ざるばかり
ラッパを吹いて豆腐屋さん
鍋もって　一丁　下さいな
使い捨ては美徳じゃない

ゴミの山が泣いている
ミカン箱は　勉強机に
リンゴ箱は網張って　ウサギの小屋に
変身　リサイクル

じゃっぽん便所にゃ　古新聞
もよおしながら字を読んで
くちゃくちゃ揉んだら　ぬぐいましょ
畑じゃ　桑の葉代用品
ちょっとかゆくて気になるけれど
尻に優しいのは　灰色チリ紙
今じゃ尻もびっくり　ウォシュレット
なんと乙姫様もいらっしゃる
尻洗いの習慣は世界的にも珍しい

高級真っ白紙で　香りも模様もついてる
尻ふきサマサマじゃ
便所の神様　何思う
臭いものにはふたをしろ時代
動物たちはやりっぱなしでペロリンコ

テレスクテンテン　聞こえてくるよ
ピッピッピッの　ピーヒョロロ
祭りだ神楽だ　デケデッチャン
熟んだら柿も踊りだす
ネコも杓子も　あんぽんたんも
テレスクテンテン　ピーヒョロロ

名前も苗字も　お気に入り
あだ名は可愛いこけしちゃん

仏様　ほっときゃ　バチが当たるんべ

空は高いな　どこまでも
小鳥のお話ピロロンロン
金木犀の　匂う杜
どんぐりコロコロ転がって
私の生まれた日が来たの

空は高いな　白い雲
トンボの羽が光ってる
コスモスゆらゆら微笑んで
楽しみ乗せて秋の風
今日は私の誕生日

甘いは砂糖

ズルチン・サッカリン　いまは死語
砂糖が手に入らなかった戦後の人工甘味料
大風呂敷を背負った叔母さんが売りに来た
母は大樽に干大根を漬ける
ヌカをまぶしながら
サッカリンをパラパラと振りかける
大家族の食卓を支える沢庵漬
重石乗せて漬け込み完了
ポリポリタクワンうんまいな

白砂糖は貴重品　お客様のお茶菓子

御皿に一盛り　さじですくって　手のひらに
それでは　ぺろぺろ戴きまする
手作りあんころ餅や炭酸饅頭・ぼたもち
みんな母の手作だ
勝手なものです　いまじゃ砂糖は　嫌われ者に
甘味はメタボの素　糖尿患者はなおさらのこと
物があふれ　なんでも当たり前の時代
金さえあれば自由も手に入ると思い込む
貴重品なんて　どこにもない　一つもない
命まで軽んじられて　使い捨て
もったいないね

風呂

水は命　井戸神様に手をあわす　近所に大きな古井戸がありました
太いロープをギコギコ手繰り寄せ
釣瓶《つるべ》を落とし水をくみ上げます
その水をバケツに移し　天秤棒を担ぎ家の中の甕まで運びます
小学生の頃　村の衆総出で　家の裏に井戸を掘りました
大きくて深い穴　掘り出された小石交じりの土砂は山となります
泥水が出てくればあと少しです
最後にくみ上げ機を取り付けます
手動でハンドルを漕いで水をくみ上げます
夏は行水　冬は五右衛門風呂のもらい湯でしたが
やっと自分の家の木桶のお風呂にはいれるようになりました

カマに燃し木をくべて風呂を沸かします
生木をくべると煙があたりにモクモクと立ち込め目に沁みます
「あんべえはいいかい」母がいう
ぬるい時は燃し木をくべて温かくしてくれます
火吹きだけで　プープー吹き付け　火をもやす
夏は露天です　蛙と一緒にゲコゲコガッコ
雨が降ったら蛇の目傘
冬　一番嫌だったのは土間に置かれた風呂でした
入浴は思春期の少女にとって悩みの種でした
みんなのいる場所で裸をさらすことに耐えられませんでした
しばらくして　裏の空き地に
父は自力で　ほったて小屋の風呂場を作ってくれました
嬉しかったねー

あれから半世紀　24時間ジェットバスだって

夢の国の　お姫様の入る風呂みたいだね
喜びなさい　微笑んで　感謝の心

卵の歌

コロコロタマゴ　どこから来たの
父さん母さん　どこにいる
コロコロタマゴ　どこまで行くの
あの山越えて　海越えて
コロコロタマゴ　えくぼの可愛い
金のタマゴ　ひよこになれずに　目玉焼き

ニワトリとタマゴ

私が子供だった頃　ニワトリはニワットリ　ヒヨコはヒヨッコだった
卵が先か　ニワトリかなんて問題は　よくわからないけれど
ニワトリは　三羽でも　ニワトリ
三歩　歩くと　物を忘れてしまうと言われ
鳥目でもメガネいらずのニワトリさん
日がな一日　のほほんと暮らしてきた
一番鳥　真夜中に月を眺めて　トトケッコー
二番鳥　明け方の星を眺めて　ココケッコー
三番鳥なけば　朝ですよー起きなさい!!
おひさま　おはようございます
その昔　ニワトリは　放し飼い

ときめく恋の季節を楽しんだりしてね
自由に人生を謳歌して暮らしていたものだ
穀物やミミズ・菜っ葉など　好きなように食べて
腹いっぱいになれば　砂に潜り込んで涼んでいたね
葉鶏頭のように真っ赤なとさかのおんどりは
はばたいて高い木にとまる
とさかの小さいめんどりはちょっと控えめ
好きなところに卵を産みおとす
コーチンにわとり赤卵　産みたて卵は温かい宝物
もみ殻の中の卵は病人の薬だ　風邪をひいたら卵酒
明日の弁当楽しみだ　砂糖の入ったこんがり卵焼き

ビンかけを石っころで砕いてあげたっけ　丈夫な卵の殻になるんだと
トトトトと呼べば　集まってくる
一番星のでるまえに　ねぐらに急げ

ニワトリさんは子供に抱っこされ
小屋へ帰る　暗くなったら見えなくなるぞ
母さんニワトリ　ひたすらに卵をあたため二十一日
ぴよちゃん誕生　おめでとう

歳をとったら処分の運命　首を落とされて疾走
やにわに羽をむしられ
いつの間にか鍋でぐつぐつ　丸ごと一匹　いただきまーす
目を伏せ　ご免被る私でした
現場を見ていた私は肉の嫌いな子供でした

お前は昔から庭の鳥　いつからか　飼い殺しの刑務所に
悪い事なんかしてないお前
人間に産めや太れと命令されて　ケージの中でこっくりさん
卵を産む機械にされてしまったお前　悲しむでもなくコッコッコ

恋なんかすることも知らないで　産めや太れやの暮し
時々抗生物質まで餌にされる
昔貴重品だった卵は　今はスーパーで大安売り　一〇八円だって
役立たずになれば　肉にされ　チキンはキッチンへ
今日も幾万羽のニワトリの命が消えて　商品になった
食べるのは三歩も歩かないのに　物忘れをしている人間様だ
今　鳥インフルエンザの衝撃走る

あの日あの頃

わたしが生まれた時
それは
第二次世界大戦の終末期だった
母の連れ合いはエリート海軍
真珠湾襲撃に参戦　その後
インド洋にて敵艦に激突して戦死した
死んだ彼の残したものは　無念　怨念
一粒だねの　生まれたばかりの男の児
赤ちゃんの顔も見ないで藻屑と化した彼
哀しみの果て　真っ暗闇の中で
愛児は栄養失調で死んだ

母は絶望の淵から立ち上がり
家のために三男坊と結婚
わたしが生まれた
舅さんに仕え　姑に気兼ねし
やったことのない農業に従事
お嬢様だった母の　やるせない思いは計り知れない

戦争は　すべての自由を　そして日常を奪いつくした
恋も愛も　彼の命そして　子供の命も
全ての自由を縛り上げ　人生を狂わせた
わたしは防空壕の中で　泣き叫んでいたという
叔母やその子供たちも疎開　大家族で暮らしていた
食べるものもなくひもじい毎日で母乳も止まった
ヤギの乳で命をつないでいた
一九四五年八月十五日　終戦

♪勝ってくるぞと勇ましく誓って国を出たからにゃ
母の歌う子守唄　私は十カ月の子になった
切なくやるせないその歌声は　今でも私の胸につきささる
懸命にいばらの道をひたすら歩んできた母の人生と重なる
父はニコヨン出稼ぎ土木作業員　土方仕事　何でも受けて立った
いつも優しく微笑んでくれた父
償うことのできない　戦争の犠牲者であった
慈しみ育てた我が子や孫を戦場に送りたい親は　一人もいません
日の丸は　梅干しなんかじゃねえんだよ
戦死した者達の　無念の赤い血だ

Ⅲ章　愛の歌

覚えていますか

覚えていますか
母の歌った子守唄を
揺られて眠った幼き日

覚えていますか
父の大きなあの背中
肩車して遊んだあの日

覚えていますか
膝の上で聞いた昔話を
耳の残るあどけないささやき

覚えていますか
手に汗にぎり走った運動会
あきらめずに頑張ったあなた

覚えていますか
一緒に眺めた　夕焼け空を
一緒に歌ったあの歌を

覚えていますか
今は遠い過去のこと
幸せな返らぬ日々
いくつになっても　懐かしい
変わらぬ思いで永遠の愛

忘れられないの

忘れられないの
あなたの生まれた日のことを
忘れられないの
あなたの嫁いだ日のことを
忘れられないの
あなたが母になった日のことを

忘れられないの
あなたと出会った日のことを
忘れられないの
あなたと過ごしたあの夏の日を

忘れられないの
　あなたは裸足でかけてきた
忘れられないの
　私はあなたの妻だから
忘れられないの
　あなたと別れたあの時を
忘れられないの
　今でもあなたが好きだから

だるまさん

すべった転んだ　だるまさん
転んだと思ったら　また起きて
起き上がり小法師の人生だ
ゴロンゴロンの　だるまさん
にらめっこなら　アップっぷ

だるまさんが　笑った
だるまさんが　怒った
だるまさんが　泣き出した
だるまさんが　風邪ひいた

だるまさんが　鼻提灯《ちょうちん》
だるまさんが　くしゃみした

だるまさんが　喧嘩した
だるまさんが　屁をこいた
だるまさんが眠った

ひい　ふー　みー　よー
いつ　むー　なー
咲いた花なら　散るのが定め
せめて香れよ　今日一日を

明日は照るかな　雨降りか
テルテル坊主に　願いを込めて
あしたも元気で　バイバイバイ

愛しています

私があなたを　愛するように　あなたは　私を愛しています
鳥や獣を　愛するように　月や星も　愛しています
綺麗な花を　愛するように　素敵な出会いを　愛しています
山川や海を　愛するように　空も大地も　愛しています
スポーツを　愛するように　芸術を　愛しています
自分の仕事を　愛するように　あなたの仕事も　愛しています
日々の暮らしを　愛するように　人と人との絆を　愛しています
ふるさとを　愛するように　この街を　愛しています

命あるものはすべて　かけがえのない
限りなく愛しい存在なのです

生きることは　愛すること　人生を愛し　燦々と歩きたい

私達が　平和を愛するように
すべての国々は　世界平和を望んでいます

青い地球に生まれた喜びに感謝して
愛を降り注ぎながら　生きてゆけたら素晴らしい

人

わが娘よ　母となれ
海より深い　慈しみ
溢れる愛に満ち満ちて
明日の子らを育み行けよ
トロトロトロと

わが息子よ　父となれ
山より高い　希望の光
みなぎる力に満ち満ちて
未来の夢を紡ぎゆけ
メラメラメラと

わが友よ　人となれ
共に生きる喜びを
おひさまのような温もりを
いつの世も変わらぬ愛を
サンサンサンと

待つは君

銀の鈴
鳴らして君は我を待つ
ああ　君待つと　誰ぞ知る
薄紫の　花咲くころに

六月の　雨に打たれて
たたずめば
来る　来ない
来ない　来る
逢える　逢えない

逢えない　逢える

風歌えども胸さわぐ
たそがれせまり
知らぬは仏
まつよい草の
花もしぼみて　待ちぼうけ

三歳児

ウンコ　おしっこ　バカ　カバ
すっ歯　みそっ歯　わかんない
何をいっても　抱きしめたい
あなたは　天使
あなたは　宝
いつの間にか
あなたの瞳は　灰色に
なんでだろう

夢の中で

雨が降っている
無口なあなたが帰ってきた
若き日の在りし日
私を車に乗せて
荷物を運んでくれていた
真夜中のギターの歌が切なく響く
肌をあたためあったあの頃
私達も似た者同士だったね
黙って消えてしまった　あなた
耳元でささやく声が遠のいていった

夢

森の中
一本道をかけてきた
あどけない五歳のあなた
おかっぱ頭に　くりくりした目
朱色のコートを脱ぎ捨てて
赤いミトンの手袋のひもを引きずりながら
私の前をかけていった
私は夢中で追いかけた
怖い人がやってきた
崖っぷちで抱き留めた
呆然として　目が覚めた

涙が枕を濡らした
夢を私にくれて
飛び去っていったあなた

今夜もまた夢を見た
子供たちは　それぞれに
何も言わずにいってしまった
長女は海の見える岸辺へ
次女は山沿いの村へ
私は呆然と立ちすくんでいた
気が付くと私は泣いていた

夫婦

私達は出逢い「ふ」になった
あなたの腕の中で「ふ」になった

子供が生まれて「う」になった
大切な宝物ができたから

家を建ててまた「ふ」になった

上から読んでもふうふ
下から読んでもふうふ
「ふうふ」って不思議だね

他人が　他人でなくなつた
やっと二人になれたのに
彼は足跡だけ残して
天国へ逝ってしまった
石になってしまったあなた
私はまた一人
里芋の葉っぱの　露のよう
今日も　水玉になって
コロコロコロコロ
自問自答しながら

待つ

あなたを　待つ
私のことを　忘れたかしら
手紙を待つ　メールを待つ
雨降れば　雨のやむまで
風吹けば　風のやむまで
雪降れば　雪のやむまで
暑い夏には　秋を待ち
寒い冬には　春を待ち
ストレスには　腹の虫がおさまるのを待つ
戦争が終わるのを　待っていたあの頃
貧しい中でも　未来は希望に燃えていた

今豊かになり　未来が見えなくなった
待たなくても　なんでも叶うこの時代
人間はより孤立し　心が寂しい時代
事件続きの現代は　病んでいる
アナログからデジタルになり
陽だまりにさえ　縄文人の居場所はない
どこまで進化すれば　満足するのだろうか
人はどこまで　行きたいのだろうか
欲望の海におぼれて　しまいそうな気がする

愛

人は人から戴いた愛を
少しずつこの世に返して生きてゆく
溢れるほどの愛があれば
その愛をみんなのために施せるのだ

哀しいかな一人で生きようとしても
人は一人では生きられない
つないだ手のぬくもりが
生きる力になってゆく

衣食住　金　何一つ不自由はなくとも

人は幸せには　なれない
リングで戦うのみが人生ではない
勝ち負けを超えた　その先に輝く一筋の光
一番大切なものは　見えないけれど
人をあたためることのできる「愛」そのものだ
この世に　沢山のマザーテレサが生まれたら
きっと　平和な世界が誕生するだろうに

愛する

家族を愛し　自分を愛す　連れを愛し　他者を愛す
自然を愛し　花を愛す　仕事を愛し　日常を愛し
趣味を愛し　今の今を愛す　遥かなる芸術に　あこがれる
愛おしき　生き物たちよ　生ける者たちの　命の輝きよ

あまりにも醜いことの多い世にありて
たとえそれがむなしく思える時であっても
生きるとは　愛すること　生きることは　夢や希望を語ること
宇宙に　あこがれ　平和に　あこがれ
旅の道を行く　明日の未来を　信じて　私はあなたが大好きだから

花火

夜空いっぱい　打ち上げ花火
暑い夏の　風物詩
花火に　思いを寄せる人々
一瞬のきらめきは　青春そのもの
はかなく美しい　愛のきらめき
胸こがす想いに　ときめく
恋をして　愛を知り　夢を見た日々
むせかえるような夏の夜
生きる希望に　胸ときめかせ
再び帰らない愛おしき日々を　懐かしむ

うまいうまい

うまいうまい　御飯がうまい　うまいうまい　話がうまい
うまいうまい　手品がうまい　うまいうまい　お歌がうまい
うまいうまい　独り言がうまい　うまいうまい　寝言がうまい
うまいうまい　笑顔がうまい　うまいうまい　何でもうまい

うまいうまいは　おまじない

夢みたものは

一つの友情　一つの愛　一つの幸福
願ったものは　すべてここにある　今この足元に

花が咲くということ
鳥がさえずるということ
風がそよぐこと
月が明るいということ
喜び　怒り　哀しみ　楽しみ
生きているということ

叔母

「貧乏は恥じゃないよ、働けば何とかなる。
　卑しい心こそ恥なんだよ」
「なすびの花と親の言葉に無駄はない」
大正生まれの叔母
電話の向こうで泣いていた
私の本を抱いて「ありがとう」
九十八歳の柔らかい心に
私の心が揺れた
私もこみあげて声が詰まった
「嬉しい」の一言だ
人生は感動があるから素晴らしい

初恋

初恋の
あの人は今　糖尿病
「俺だよわかるかい」と電話口
しどろもどろの懐かしき声
六十年目の告白すれば
「トマト送るよ！」と優しく笑う
胸がキューンとなる私
生きていてよかった
告白できてよかった
再会の日が待ちどおしい

さるぼぼ　ぼぼちゃん

可愛いぼぼちゃん　ハイハイ
可愛いぼぼちゃん　私の赤ちゃん

流行り風邪等　かからんように
元気で　大きく育つよう
愛をこめて　アイアイアイ

笑う門には　猿ぼぼ　ぼぼちゃん
我が家の御守り　さるぼぼ　万歳

ふれ愛

タッチ　ハグハグ
握手をしよう
行き違いに食い違い
心がかよえば　愛コンタクト
愛はかけらでもあたたかい
ふれあえば　愛と愛とが重なって
いつでもどこでも　アイアイアイ
みんな友達　アイアイアイ

あなた

私の心はあたたかい
いつだって
あなたが近くにいるから
あなたを
抱きしめ生きているわたし
愛おしい
あなたの笑う三月に

耳に残る母の声

「おやげねえなー」*
我が子の　幸せを祈り見守る
あなたのその言葉は　愛そのもの
わたしを包み　守ってくれた
その一言は　勇気　希望　生きる力
いつでも　心の扉を開ければ
よみがえる　あたたかい母の愛

＊おやげねえ……方言。不憫の意。

母

母は私の手を握り
黄泉の国へ旅立って行った
わたしは誰の手をかりて
旅立って行くのだろうか

旅立ちの朝

君の真心が身に滲みる
大切なものはこの世に一つ
淡い雪の降りしきる中
友は天上へ召されて逝った

爪

「夜　爪を切るんじゃないよ」
母が言った
「親の死に目に逢えなくなるんだよ」
わたしは今夜もまた
爪を切っている
人生の悲哀をこめて

希望

山のように　高く　どっしりと
海のように　ふかく何処までも
川のように　とうとうと　静かに
空のように　青く　果てしなく
古里のように　美しく　大らかに
父のように　雄々しく
母のように　愛燦々と
彼のように　あたたかく

旅

あなたに出会って　私になった
子供に出会って　親になった
人は人に出会い　だんだん人になって行く

咲く花に　生きる喜びを教えられ
鳥や獣たちに　生きざまを学ぶ
昔　魚だった頃の人間を思い　海の深さを知る

父の人生をたどってみたら　私の心は　感謝で溢れた
母の懐の深さを知ったとき　あたたかい　安堵感で一杯になった
二度とない人生　この世にいることの　素晴らしさを知った

月を見ては　手を伸ばしても届かない夢を　追い求めた頃
流れ星に願いを込めて　祈った若き日
野越え山越え海を渡り　旅をして　空の青さを知った

北風の中を　かけて　恋に目覚め
吹雪の中を　歩いて　愛を知った
かけがえのない　私の人生

春は巡り　花咲く野辺に
灼熱の夏は行き　晩秋の訪れ
白い冬が口を開けて待っている

人を信じ裏切られ　傷つきながらも　あきらめずに歩いてきた
人生　いい天気の日も風の日も　雨も雪も　山あり谷あり

白い煙をはき　好奇心を燃やしながら走ってきた　果てしのない旅
セピア色の終着駅には　あなたがきっと　待っている

※心よく　我に働く仕事あれ　それを仕遂げて　死なんと思う（啄木）

愛語って　いいね

愛護・愛語　同音文字
愛語は　慈しみ深き言葉なり
愛語は　良寛さんの造語なり

愛の言葉は　ぬくもりに満ち
愛の声掛け　お互い様に　お陰様
愛は祈り　優しい野辺の花

見えなくたって　あるんだよ
愛こそ　人々をつなぐ虹の橋
愛こそ命　生きる力

神は　愛なり　蓮の花
神は　感謝の　心なり
今日も　一日　ありがとう

Ⅳ章　あれから72年

あれから72年

わたしは　いつしか　浦島花子　足あとさえ砂煙り
時流れ　時代変われど　変わらぬものは
人の心か　義理人情か
いや人の心は変わってしまった

殺人がまかり通るような日々
一匹の子猫さえ　捨てられないのに
なぜ　産んだばかりの我が子を捨てることができようか
家制度が崩壊し、兄弟姉妹、親さえも　自分以外は他人さま
金のためには何でもやってしまう亡者
破壊されたのは海山川・大地　自然ばかりではないのだ

母なるふるさとをなくしてしまった現代の人々の群れ
人は一人では生きられない
人は人に助けられて　生かされている
人は一番大切なものを失って　どこへ行こうとしているのだろう

内戦　ゲリラ戦　テロ　さまよう難民　大地震　温暖化
ゆらぐ世界
核なき世界への希求　数えきれない不条理のなかであえぐ人々
世界のあちこちで泣いている　あまたの人間
何の罪もない子供たちが　悲惨なめにあっている
恐怖におののく　物悲しい瞳に　胸がいたむ
この地上から　戦争という怪物と　決別するためには
何をなすべきか

一見平和そうに見えるこの国でも少しずつ

危険な足音が聞こえてくる
寝ごとをいっているうちに　夢みているうちに
気づかないうちに　近づいてくる
父の母の苦しみの歴史を　再び繰り返すことがありませんように
平和とは誰もが腹いっぱい食べられる人間らしい暮しのことだ

病いの果てに

歩けなくなり　はじめて我が足のありがたさに気づく
手が使えなくなり　はじめて我が手のありがたさに気づく
見えなくなって　はじめてわが目の素晴らしさに気づく
聴こえなくなって　はじめてわが耳の存在に感謝する
話せなくなって　はじめて声の大切さに気付く
噛めなくなって　はじめて我が歯の大切さに気付く

病の床につき　はじめて健康のありがたさが分かる
当たり前なんてなかったことを　病に教わる
がけっぷちに立たされはじめて気づく愚かな自分
気がついたときはもう遅い

遅くても今から始めるしかない
病は自分と向き合うためにやってきたのかもしれない

「全てに感謝せよ」の言葉が響く
己の未熟さを嘆きつつ　全てを受け入れ
自分の信じた道を　あきらめずに一歩一歩
人生は終わりのない旅
死ぬという最後の仕事のために
新たなる今日を生きる

最後の　プレゼント

その時あなたは　何を　残したいのですか
「金」　争いのもとになるからやめましょう
「家」　住むところは一カ所で十分です
「土地」　耕す人はおりません
「墓」　守る人はおりません。いずれ無縁仏になるでしょう
「写真」　思い出はそれぞれの心にしまっておきましょう
「書物」　燃えてしまえば灰しか残りません
「衣服」　好みが違います
「食品」　食べてしまえば排泄するのみです

美しいこの国の　「文化伝統」　ありますか

人間の「尊厳」を　大切に暮らしていますか
すべての生き物たちのしなやかな
「命」の営みを見守っていますか
欲望という名の電車から降りて「祈る心」はありますか
優しい　あなたの「愛」は　溢れていますか
青い空や豊かな「自然」山や川を大切にしていますか
温暖化迫るこの星　きれいな「空気」は売っていません

人は皆その時が来る　電子頭脳の時代でも
倒れて傷だらけになったとしても命尽きるその日まで炎を燃やす
人間はこの世に生きざまを残して立ち去るものなのかもしれません
虹の架け橋を渡って旅立つ　煙と灰になるその日
形見に残すは　ほのかに匂う百合の花　それとも燃える紅葉《もみじば》か
あなたの　最後のプレゼントは　輝きを増すに違いありません

しかし　核兵器を未来へプレゼントしていいのでしょうか
青い地球を焼き尽くし広い宇宙を汚していいのでしょうか
平和の種を大切に　きれいな花が咲きますように

哀しくなった時は

辛くて　仕方のない時は
空を見上げると　いいんだよ
一点の　曇りもない青空よ
お前の　広さに吸い込まれて
何もかも　溶けてゆく

哀しくて　泣きたくなった時は
見つめてみよう　足元の大地を
地を這う　生き物のたくましさよ
踏まれても　伸びようとする雑草の強さよ
泥にまみれながらも　必死で生きる

嘆くまい　この花々の美しさを見よ

流れる雲に心をのせて　旅に出よう
優しさに　包まれながら
そよぐ木々　小鳥の声に　耳をすませば
悩みは消え去り　涼風が頬を撫でて行く
かなかな蟬は　命燃やして熱唱中
果てしない空に　明日を祈る

猛烈

猛烈な　台風　荒れ狂う海　水害に泣く人間
猛烈な　暑さ　熱中症で倒れる
猛烈な　寒さ　凍えて固まる
猛烈な　親　猛烈な子を産む
猛烈な　受験勉強　競争社会の悲劇
猛烈な　会社員　過労死を招く
猛烈な　情報社会　迷える子羊となる
猛烈な　暮らし　中毒を起こす
猛烈な　憎みあい　人間の尊厳を奪う
猛烈に　つぶされる　しなやかさ
猛烈な　哀しみ　どん底で泣く

猛烈な　人間関係　手をつなぐことを拒否する
猛烈な中で　けなげに咲く一輪のバラの花
猛烈を恐れず　里芋は育つ　傷つきながら
猛烈を受け入れ　懸命に鳴き続ける虫　ひと夏の短い生涯
猛烈な時代は　生きにくい
猛烈にノーテンキにでもならなければ
まともに生きてゆけないなんて　寂しいことだと思いませんか

怖い話

マスクに手袋の農民が　また消毒をしています
農薬のシャワー　除草剤のシャワー
飲みたくない苦い薬を
強制的に飲まされて
土はひどい目にあっています
おいしい雨水が一番なのに
炎天下で悲鳴をあげています
虫たちも想定外の攻撃に大慌て
土の中の生き物も苦しんで
のたうち回っています
逃げるすべがありません

雑草はじりじりと焼かれて　息絶えます
どんなに苦しんでいるか
誰も声を聴こうとはしません
農薬をまく人もやがては
劇薬に命を狙われることでしょう
薬漬けの野菜たちは悲しんでいます
放射能に汚染された土地と同じように

丘ワカメに学ぶ

丸くて小さい緑の洋服
体中に茂らせて　ぐんぐん伸びる丘ワカメ
摘んでも摘んでも　減らない葉っぱ
沢山の人に　喜んで幸を分けてあげ
元気いっぱいの　お前
さっと湯がいて　ポン酢でシャリシャリ
さっぱりしていて　ミネラルたっぷり
お前は　どこから生まれてきたの
秋にはしっかり実を結び　新しい命を宿す
いくら摘まれても　文句など言わない
時には　虫にも恵みを与えたもう

我慢強く　愛おしいあなた
肥料も水も　惜しまずあげよう
来年も　元気でよみがえるよう
みんなが　待っているんだもの
人間様の　苦悩は尽きず
愚痴ばっかりこぼす　弱虫毛虫
太陽の恵みを受けて　ひたすらに
ＤＮＡに逆らわず　ぐんぐん育つ
あなたの生き方に　乾杯です
そして　恵みをありがとう

私は見た

大声でグダグダと子供を叱りつけ
罵声のシャワー
挙句の果てに　子供のバッグを投げつけ
思い切り蹴っ飛ばした
子供は学んでしまった
母のしたようにまた誰かに
同じことをするに違いない
「育てたように子は育つ」
大人は子供に悪いことばかり教えている
心が痛みいたたまれない
あの時抱きしめてあげられたら

あの子は　救われたのかもしれない
傍観者であることが申し訳なく　哀しかった
子は親のいう通りには育たないもの
親の生きたように子も生きる
やはり親の背中を見ているのです

さようなら

中村紘子さん死去　七十二歳
ピアニスト　演奏に命を懸けた人生
幕が下り　ピアノの音色だけが残った
喜び　哀しみをのせて
世界中に響き渡る　ショパンの音楽

人生は短く　あっという間
戦ったり　怒ったり　憎しみ合ったりする時間はない
病に伏せる時も　暗闇に迷う時も
音楽に救われて　再び生きる元気を戴く
音楽に満たされた時　人は優しくなれる

音楽は　神様の贈り物

人は殺されなくても　皆いつかは終わる
「一瞬を生きる」　はかない生き物
そのことに気づけば
誰も　平和に暮らせるものを
人は続き　道は続く

勇者の灯（障がい者の文化交流会の感想）

この世には　星野富弘さんが大勢います
事故や病魔に　人生を奪われた人々
絶望の淵にあって　希望の灯を見つけた時
再び人生は始まる　命の素晴らしさ
ひたすら困難に　立ち向かう魂の輝き

カタツムリに学ぶ
ゆっくりと　のんびりと
ただ一つの道を行く

君の描いた様に　君の「絵」が生まれる

君の書いた様に　君の「書」が生まれる
君の考えた様に　「言葉」が生まれる
君の歩いた様に「道」ができる
そして君の姿は　他者に勇気の灯をともす
その時君は　新しい自分を知るだろう
「死の淵」からよみがえった人の底力
勇者の灯
感動のプレゼント
どんなものにも代えられない
最高の贈り物だ

もしも私が

もしも私が
　言葉を失ってしまった時は
お話ができないなら
　名前を書くことから挑戦
いろはの「い」の字
リンゴもバナナも描いてみよう
今日はかけなくても
　明日はかけるかもしれないから

もしも私の右手が
動かなくなってしまった時は

左手でピアノを弾いてみよう
心が動けば手も動き出す
信じて続ければ
「一滴の雫は岩をも砕く」に違いない
気が付いたときは
哀しみの太陽が弾けてしまうに違いない

もしも私が
足の自由をなくしてしまってたとしても
心の自由だけは放棄しないで
たった一つの自分の命
残っている機能は　まだまだあるはずです
哀しみの果てに　苦しみの果てに
見えてくるもの　生きているということ
あきらめないその日まで

一緒に泣くその人のために
愛する人のために生きているのだ

哀しみを　苦しみを受け止めて　ゼロからのスタート
命の尊さ　生きた証を　形にできたら嬉しいに違いない
感謝の金メダル　その生きざま
輝いて生きる　私の思いを　それなりに表現できたら　感動もの
素晴らしいと思いませんか　生きるとは　命の灯を燃やし続けること

石ころ

石にも意志はあるのだろうか
悔しくても　押し黙ってなされるまま
怒ることもままならず　ストレスはないのですか
いつも一人で　寂しくはありませんか
良かったら　私と一緒にお話しましょう

ピアノへの思い

何度も一から　やり直そうと　決心しては見たものの
挫折の繰り返し　炎にはならず　くすぶり
燃え上がることはできなかった

火の美しさにあこがれ　あきらめきれず
焚きつけては見るが　ゆらゆらするだけ
立ち上る煙　いまでも懐かしい私の友
愛しい私のピアノよ

ブルーベリー

私の大事なブルーベリー　貴方とともに十五年
喜び哀しみ分かち合い　嵐の日にも泣かないで
共に過ごした懐かしい友
春には白いベル花が咲き　夏にはたわわな実が実る
数えきれない思い出の粒　押し合いながら熟れてゆく
アリも小鳥もハチさんも　今食べなくていつ食べる
みんなやみつき夢の中　朝日を浴びて輝くあなた
より碧くより深くより甘く　小さなベリーに大きな幸せ
天の恵み　地の恵み溢れ　この手の先にこぼれ来る感謝

守る

時間を守る　家族を守る　自分を守る
暮しを守る　動物を守る　植物を守る
伝統を守る　文化を守る　地球を守る
人道を守る　憲法を守る　平和を守る
原発やめて　未来を守る
あなたは　私の宝です

不思議

言葉はどこで生まれたの　そしてどこへ逃げてゆくの
追いかけても捕まらない
きっと　心の奥に入り込み　眠ってしまうのでしょうね

愛は何処から生まれるの　そしていつ憎しみに変わるの
誰も知らないけれど
きっと　愛は惜しみなく奪いながら　泉のように湧き上がるものな
　のでしょうね

命はどこから来るの　そしてどこへ消えてゆくの
考えても答えは出ない
地獄も極楽も信じない　きっと　この宇宙の星になるのですね

永遠の心

無差別テロの悲劇は　もう沢山です
何の罪もない人間の　生きている命を破壊することは
神も許しはしない
愛する者たちは
永遠に消えることのない闇の中で苦しむ
テロの犠牲に遭われたすべての人々の
哀しみに祈る以外何もできない
この両手に追悼の花束を
人殺しこの狂気　卑怯者
愛を語ることもなく
憎しみのるつぼに

差別と格差のはざまで
今　鎖を解き放つ時
今　銃を捨て去る時
テロこの惨事を
世界中の私達は許さない
願いは一つ　青い空
誓いは一つ　平和の心

折り紙

どんな色で
何を折りましょうか
鶴さん亀さん奴さん
それとも素敵な紙風船
魔法の手があれば
一枚の紙は
無限の可能性に満ちている
行き詰まったら
広げて　一からやり直し
考えながら
助けられながら

創る楽しみ
生きる楽しみ
人生は一枚の折り紙だ

走れ走れ　かっとばせ

感動した　イチローさんに
打って打ってまた打って
弱さをバネに　自分を奮い立たせる人
人に笑われた悔しさを生かす　弱そうで強いしなやかさ
魔法のバット　彼の名言
「小さいことの積み重ねが　とんでもない世界へ連れていってくれるただ一つの道」
一当は　百不当のおかげ　見えないものこそ大切
妥協を許さぬ自己への挑戦
大リーグ記録達成　さらなる高みを目指す
私もノホホンと過ごしていては　もったいない

冬の時代こそ自己を鍛える　ただ一つの道なのだ
頭も体も使わなくては　無用の長物
初めの一歩　思い立ったが吉日
凡才が天才に学ぶとき

翔く

自由には翼があるんだ
　ほんとだよ
鎖につながれていたら
　何にもできない

心にも翼があるんだ
　ウソじゃない
無限大の宇宙にだって
翔んで行ける

いつだって

誰だって
その気になれば
飛べるんだ

ありがとう

いつかこの空と別れ
いつかこの花と別れ
いつかこの人と別れる
ああ　人生は浦島花子
切なく燃えた私の人生
ただ　ありがとう

贈り物

小さな鈴を鳴らしてきたよ
あなたの五月
今日は　あなたの誕生日
あなたから
大切な人生最後の贈り物
何より　私　独りの時間を
思い出と共に
あなたのくれた　贈り物
ほのかに匂う　月見草
どんな宝石よりも素晴らしい
あなたからの　最後の贈り物
沢山の　ありがとう

私の絵

精一杯過ごした今日という一日に
小さな点を打つ　点は線になり
やがて形となる
人の一生　命の時間は　点の集まり
生きている素晴らしさ　喜び哀しみ
私はキャンバスに絵を描く
日々　色重ね　少しずつ
どんな風景描けるかな
自分にしか描けない絵を描こう
歳月の積み重ねは一枚の絵
日々　キャンバスに向き合う

与えられた有限の時間を紡ぐ
心よい旅立ちの日のために

想い

好き　嫌い　大嫌い　恋占い
手を伸ばせば　君はそこにいる
愛という柔らかいものに包まれて
風が励ましの言葉を運ぶ

大好きだった頃の
太陽のようなあたたかい思い出
いまでも希望や勇気を降り注ぎ
いつも背中を押してくれるあなた
遠い日の思い出はかげろうのよう

素敵だね

人は人を励ますことが出来るんだ
人は人に励まされて生きる
なんて素敵なの　人間にしか出来ない事
私の幸せを　あなたに
あなたの幸せを　私に
手を繋ぎ　心を紡ぎ　暮らす時
素敵な世界が見えてくる
大空へ　この身をゆだね　宙へ舞い上がる
まるでトランポリンの世界
ジャンプをすれば　私の命　輝いて
笑顔が生まれる

喜べば喜びが　友達連れて　やってくる
♪歓喜の歌を　歌おうよ

十六の君よ（井上　翼くん）　なぜ

土砂に埋もれて　逝ってしまった君よ

蹴とばされて　辛かったろうね
殴られ袋叩きにされて　痛かったろうね
水につけられて　苦しかったろうね
砂利に埋もれて　冷たかったろうね
哀しいよ　助けられなくて　申し訳ない
十六歳の絶叫は誰にも届かず　どんなに無念だったろうね
両親の愛を体中に受けて　十六歳になったというのに
ああ　断ち切られた　若い命

なぜ　なぜ　なぜ　どうして
血も涙もない奴らの餌食にあうなんて
誰が想像しただろうか　この非道な暴力
青春の真っただ中で　夢を追い始めたばかりなのに
集団リンチの恐怖・殺害　ゲームではないのだ
動かなくなった君は　ヒキガエルの遺体のように
引きずられて　橋のたもとに運ばれ
草をかけられた　みんな逃げたんだ
やばいなんて聞きたくもない
俺は見ていただけだなんて　言わせないぞ
餓鬼道に落ちた狂犯者の恥を知れ

一見のどかに見えるこの松山の大自然の中での少年犯罪
くり返される　いじめの正体は闇の中
人間を人間とも思わない感覚

なぜ人の痛さを知ることができないのだろうか
わが身をつねろ　痛さがわかるはずだ
相手にしたことを自分の身にやれと言いたい
それでも責任なんか取れないよ
失ったものの大きさに気づいてほしい

翼　君　遺影が泣いている
いい名前の　元気な少年　まさかの事件
未来は一瞬のうちに消えた
両親の胸で　あたためてもらいなさい
命を抱きしめて　あげてください
熱い涙で　あなたの記憶を蘇らせなさい
猛烈な悲しみが　胸を締め付ける
湖水のさざ波が　大きく波打つ
湖底に沈んだヘドロが渦を巻く

水の泡と消えてしまった十六歳の君の上に
ひまわりの燃えめぐるこの季節に
救いのようのない哀しみが灼熱のごとく降り注ぐ

青春時代は迷う時　人生は冒険　命あってのもの
青春は浪費するためにあるのではない
燃焼させるためにあるのだ
おとぎ話の桃太郎のように
この世の悪を退治するための学び
奴らは学校で何を学んできたというのだ
国語　算数　理科　社会　経済大国のこの国
ともに生きることの尊さを教えてほしい
一番大切なものは
かけがえのない命だということを
知らなかったとは言わせない

旅立った君へ　誓いの言葉は　繰り返しません過ちは
河川敷の花束に　冷たい八月の雨がしとしと降りしきる

なぜ　なぜ

猛暑の後の猛烈な台風　北の大地は無残な被害
南の大地は　地震の爪痕いまだ癒えず
老若男女のあえぎ　やりきれない事故続出
妹が兄を刺し　息子が両親の命を奪う
日常茶飯事になっている　怒り爆発事件
野原のコオロギだってそんなことはしない
懸命に秋を生きている
親子　家族　友人　他人
どこでボタンを掛け違ったの
ただすこともできたのに
誰も愛せなくなって

何を感じて生きているの
何が欲しいのですか
堅くなってマヒした心は
悲しみや怒りさえ分からない
たとえ居場所をなくしたとしても　己をすてるな
信じよう　生きぬく力
物があふれて　大噴火の中で
迷い人になってしまったあなた
何の不自由もないように見えるこの時代に
夢中になれるものはネットの中　ＳＮＳ
依存症なら何とかなるさ（五十二万人）
あなたに少しでも良心が残っていたら
あなたのゆく道もあろうものを
文明社会は人間をぼろぼろにして
電子頭脳ロボットを作り出した

人形を抱きしめ微笑むお婆さん
老いらくの恋に溺れるお爺さん

Ⅴ章　恩送り

恩送り

恩人・恩師・恩愛・恩情・恩讐・恩義・恩赦
恩知らず・恩返し・恩に着せる・恩を仇で返す

恩のつく字は数々あれど
恩送りとはこれ如何に
広辞苑にも大辞苑にもない言葉
「恩送り」
ペイ　イット　フォーワード
Pay It Forward
己の受けた恩をいつか人に返すこと
人間として　当たり前の行為

見返りを求めない　さりげない優しさに
人は救われる
あなたに支えられ
あなたを支え
人の世は持ちつ　持たれつ
「恩送り」の精神
今の時代によみがえったなら
きっと暮らしやすいに違いない

アルピニストの言葉

なぜ山に登るか　氷壁に挑む男の執念
生きているから　との答え
極限のエヴェレスト登頂
人は燃えながら生きる
足がダメなら　手を使え
手もダメなら　眼力を出すのだ
眼もダメになったら
歯で氷を噛み砕いて生きろ
それもダメなら　心で強く想う事だ
生きざまの凄さに　押された
少しだけ　生きる意味が　分かったような気がした

生きているんだ

おつるみカップルさん
恋に狂った黒い羽虫
いそいそと　メス引きずりまわし
みるみるうちに薄い羽広げ
オレンジのお尻丸出し
あっという間に　ランデブー
風は優しく彼らをのせて
新婚旅行に　連れてった
小さな虫にも　命の輝き

私も　なってみたいな　あの人の思いのままに

月夜の晩に（スーパームーン）

お月様がでっかくて
森は静かに眠ってる
虫達だけが元気に歌う
チロリチロチロ　ジンジンジン
今夜はとっても眠られない
嬉しいことがあったから
あなたに恋してしまったの
命の泉が湧きだして
心が踊り始めたの
今夜はとっても眠られない
月下美人の花になり

チゴイネルワイゼン聴きましょうか
それともあなたにラブメール

口笛吹き

原っぱにシロツメクサのお花が咲いた
犬は喜びかけまわる
タンポポの　綿毛は青空へお散歩だ
のんびり　ゆったり　大らかに
五月の雲が　流れます
口笛吹きが今日もきた
影をしたいてフューフィユーと
幻のどなた様を
想い描いておられるのでしょう
私も切なくなりました
かっこう鳥さん歌っています

こんもり茂った森の中
そよ風さやさやお話だ
わたしはラ・クンパルシータ
オカリナ吹いて　ピッピッピ
夕焼け小焼けで日が暮れて
迷い人のおしらせだ
耳をすませば聞こえるよ
ラ・クンパルシータあの口笛が
人生の落日　悲哀をこめて

心

心は何で出来ている　喜怒哀楽や妬み嫉み欲望の絡み合い
学べば学べ学ぶ時　人生哲学ここにあり
身から出た錆　よい種をまきましょうぞ
善因善果　悪因悪果　自因自果　因果応報
　人はみな温もり求めて生きている
人はみな平和を求めて生きている
人はみな幸せ求めて生きている
重荷をおろせば私の天国ここにあり
幸せ袋ヨイショと担ぎ今日も行く

愚痴

愚痴を言うのは愚の骨頂
愚はおろか　痴は知が病んでいる
言えば己の根性ゆがむ
愚痴を聞くのも愚の骨張
愚かさが拡散すればいいことなし
聞けば己の心が病むだけ

差別

人は
差別を嫌う生きもの
差別をする者は
差別に泣くだろう

今

いま　イマ　今の今
好きなことを　好きなように
これ以上でも　これ以下でもなく
風に吹かれて　髪なびかせて
私の幸せ　感謝の心

不思議

花は何からできてるの
土と水と肥料とおてんとさま
タネには花の精がいる

人は何からできてるの
食べ物と飲みものと脳味噌
ご先祖がいて私がいる
命あるものすべて
何もかも神様が作られた

人間

一人でいれば　二人になりたがり
二人になれば　一人になりたがる
ああ　人間は勝手で寂しい　生きものなのだ
マツ宵草だけが　そのことを知っている
甘く切なく　お月さんのように咲いて

レクイエム

うつぎの香水　とろけそう
心にとげのある人は
甘い匂いに酔いましょう
怒りは消えゆき
恐れは静まり
優しさだけに　包まれて
ああ　マリア様
ああ　レクイエム

夕焼け

夕焼け空が燃えている
あの山の彼方から
あの人が
やって来るような気がして
心が熱くなった

瞬く間に陽は落ち
闇が迫ってきた
あなたはいない
いくら呼んでも

独楽《こま》

独楽　コマまわれ
一人楽しく　遠心力でクルクルまわる
心棒さえしっかりしていれば
凄いエネルギーを発揮する独楽

まもるか　攻めるか
それとも
受けて立つ
究極の生き方
独り楽しく
独楽　コマまわれ　独楽まわれ

つぶやき

人生で大切なこと
バラはバラ　虫は虫　自分は自分　人は人でいいではないか

人間としての禁句
自分がされて嫌なことは　人にもするな
自分が言われて嫌なことは　人にも言うな
自分が辛いと思うことは相手も辛い
自分が苦しいことは相手も苦しいのだ
自分がされて嬉しい事は相手にも施すべし
しかし
当たり前のことがなかなかできない人間

人の不幸は蜂の蜜だなんて
人間は角を隠して仮面までつけたりする
卑屈な精神は犬猫にも劣ると知りつつ
所詮　悟りの開けない凡人なのだ
しかし
健全な精神は健全な体に宿るというではないか
隣の芝生が青ければ目にも良い
相手のいいところを見てゆこう
お互いさま　許しあうやさしい眼
自分に恥じない生き方

それにしても
子供には子供の人生がある　自分の道を歩まねばなりません
親は子供に代償を求めないことを肝に銘じよう
ちなみに子供は三歳までに親に恩を返すらしい

勝ち負けにこだわっている時間もない
金バッジやトロフィーを眺めている場合ではない
噂話にうつつをぬかし　いじけている時間もないんだからね
人生はあまりにも短い　最後の日にこれでいいのだ　と
笑える日のために　今を生きる

幸せの道は
ありのままの自分を生きること
歌いましょう
愛の歌を
語りましょう
平和への心を
いただいた命
世のため人のため
自分のために

お眠りください　安らかに

不可能は可能性　と　言い切るあなた
ヘビー級チャンピオン　モハメド・アリさん
リングの上で輝き続けたあなた
世界中に元気と勇気をくれた人
金メダルを川へ投げ捨て
人種差別に立ち向かった人
ベトナム戦への兵役を拒否し
平和を訴え続けた人
何もかも　うまくいくはずだった
悪魔のいたずらパーキンソン
病と闘い三十年

この世に聖火をともす人
不屈の魂
弱き者を最後まで愛し続け寄り添った
偉大で勇敢なあなたの人生
自由勲章の輝きは永遠だ
お眠りください　宇宙に抱かれて
煌めく大空の星となり
闇夜を照らしてくれることだろう

私はここらで

思えば遠くへきたもんだ
産んだあの子は　四十五才
夫が逝って早八年目
気が付けば孫はもはや小学四年生
老いてなお若きふりして燃えている
この道の先には

何が何があるのだろうか
時の流れは音もなく
色もなく匂いさえない
けれども確実に過ぎてゆく

枯れ葉舞うこの季節
燃えるもみじ葉てのひらに

イエスタディワンスモアー
かの虫の音も絶え絶えに
つるべ落としの晩秋せまり
どこかで焼き芋　ほっこりこ
お月様はにっこりこ
よろりよろけて一休み
過ぎゆきし日々　夢かげろう
夜が明ければコケコッコ
愛とは発見だとも気が付かず

行かなくちゃ

行かなくちゃ　今すぐに
あの人が待っている
話さなくちゃ　心ワクワク
燃える心いつしか芽生え
聞かなくちゃ　一人静かに
淋しいあなたの　胸の内
読まなくちゃ　学びをせんと
寝て食べる　次に大事なことだから

書かなくちゃ　思いのたけを
自分にしか　書けないことを

言わなくちゃ　大切な事を
戦争法案　止めてくれと

帰らなくちゃ　わが古里へ
山よ川よ　竹馬の友よ

希

帰る家がある
それだけで安心できる
待っている人がいる
それだけで嬉しい

温かな鍋がある
それだけで豊かになれる
陽は昇り　日は沈む
当たり前のかけがえない暮らし

戦火の中の子供たち

途方もなく哀しい瞳
戦禍を逃げ惑う民衆の悲劇
やり場のない絶望と恐怖

戦争は人類最大の犯罪だ
奇獣人間　戦場は血の海地獄
平和のためといいながら　無差別殺人
だまされてはいけない
祈りを届けたい
笑って暮らせる日が来ますように
愛する人と再び抱き合える日が来ますよう

メッセージ

行きたいところがあるのなら
あなたは今すぐ　行かなくちゃ
夜半に嵐の吹かぬものを

読みたい本が　あるのなら
あなたは今すぐページをめくろう
人生は自分の足で歩くもの

歌いたい歌があるのなら
あなたは今すぐ歌えばいい
声を失ってからでは遅いもの

逢いたい人がいるならば
あなたは今すぐ連絡を
あたためあえるその時に

やりたい仕事があるのなら
あなたは今すぐ決断を
チャンスの神は二度とは来ない
命の炎を燃やすとき

芝生

けられても　ふまれても
太陽に　向かって生きる
子供を遊ばせ　大人を癒し
より芝生らしく緑をよそう

夕べは　どんな夢を見たの
朝露に濡れて　泣いている
涙が小さい星のように
きらきらと　光っている

勇気

清水の舞台から飛び降りる
スカイツリーからバンジージャンプ
人生をかけて勝負に出るとき
迷わずに決める
それもまた人生さ
失敗を恐れぬ勇気

挫折のなかに希望がある
絶望のそとに夢がある
天の川のこっちには　牛をひく彦星さん
天の川のあっちには　機を織る織姫さん

年に一度の　出会いの日まで

風に吹かれて　口笛吹いて
雨に打たれて　涙を拭いて
月を眺めて　希望を語る
夜空の星に　幸せ祈る
命の歌を　道づれに

アッ　ウン

夜が明ければ朝が来る
日が暮れて月が出　星光る
一年過ぎれば　新しき年
鼠丑寅さん　繰り返し
地球も回りまわって
新しき時代が生まれる

青いミカンが色づくように
私の髪も白くなり
熟れた柿がしぼむように
私の顔も梅干しに

目も歯も弱り歳ふれど
心はいつも青春だ

もみじ葉は真っ赤に
イチョウは真っ黄色に
それぞれの色に染まりながら
役目を終えれば土に還るのだ　ハラハラと
アッ　と言って生まれ
ウン　と言って大いなる大地へ帰ってゆく
母なるあたたかい大地に抱かれて眠る
こま犬さんは黙ってそれを見ている

みどりごよ

奇跡の誕生　泣きながら　燃えながら
真っ赤な顔をしてこの世に　飛び出してきたあなた
へその緒を切られ　独り立ちを始めたあなた
暗い母の胎内から　狭いトンネルをくぐり抜け
愛されるために生まれてきたあなた
その柔らかな　愛おしい命よ
なんというやさしさ　喜びにあふれて
祝福の中で　無垢な産声を聞く
あなたが無事に誕生した瞬間
母は感動で泣きながら震えていた　光る涙
父はあなたの握りしめた両手のこぶしにほおずりし

喜びにあふれ　あなたを胸に抱く
ジイジもバアバも安堵感に胸をなでおろす
夢や望みをたくし名前を戴く
かけがえのない大切な一つの命　微笑みの神秘
目も見えぬのに　乳をまさぐるあどけないあなた
一生懸命ひたすらに生きようと頑張っている
この生　永遠に守られますように
生を受けたすべての者達は
泣きながら　笑いながら　眠りながら
幸せになるために生きる
この世に虐待などという言葉は存在しないはずです
なぜなら　あなたは唯一無二　神の子だから

解説

解説　野花や昆虫とお喋りし思索する人

堀田京子詩集『畦道《あぜみち》の詩《うた》』に寄せて

鈴木　比佐雄

1

堀田京子さん第二詩集『大地の声』（二〇一五年刊）に続き第三詩集『畦道《あぜみち》の詩《うた》』を刊行した。新詩集には一二〇篇以上も収録されていて、堀田さんの指先は解き放たれて、詩的精神が湧水のように溢れ出している。堀田さんの言葉は里山と共にあった農村の暮らしや大地の力によって、街の暮らしで見失っていた本来的なものを気付かせてくれる。その言葉は人間の身体性や生き物の命の尊さなどを甦らせて、切実に生きる姿を目の前に感じさせてくれる。いつのまにか十歳の少女の頃の感性に遡り、今も「畦道」の草花や昆虫とお喋りしている世界へ引き込まれていく。そこで私たち現代人が抱え込んでしまっている様々な問題点を、もう一度原点に立ち還って考えようと思わせてくれる。
序詩「もういいかい」を読むと堀田さんの詩的精神のしなやかさの秘密がわかる気がする。一連目、二連目を引用してみる。

もういいかい
まーだだよ
哀しみの後ろに
喜びが隠れている

もういいかい
まーだだよ
絶望の後ろに
希望が隠れている

鬼ごっこ遊びに使われる「もういいかい／まーだだよ」というフレーズから人生を照射すると人生の様々な「哀しみの後ろ」には、「喜びが隠れている」と時間が癒しを生み出してくれることを告げている。二連目には「絶望の後ろに／希望が隠れている」と両極端の精神状態が実は対になっていることがこの世界の宿命であることをも明らかにしている。このことはきっと喜びの後ろには哀しみが現れたり、希望の後ろには絶望が現れる人生の苦悩をも暗示している。そして最後の三連は次のようになる。

もういいかい
もういいよ
孤独の後ろに
自由が隠れている

人生の時間軸で考えるのならば、悲しみと喜びも希望と絶望も共に大切な体験であるだろう。堀田さんは「もういいよ」という様々な体験を経て、今は「孤独の後ろに／自由が隠れている」という心境で、淡々と詩作などをして自分の自由な時間を生きている。堀田さんの「孤独」という鬼は、「自由」という子供心を人生の中に再発見して生きることの豊かさを知らせてくれている。堀田さんのしなやかな言葉の世界には、「孤独」の中に潜む「自由」を楽しむ秘訣が存在している。マザーグースの言葉遊びは子供だけのものではなく、大人の世界にこそ言葉遊びの世界が必要であると堀田さんがお喋りするように語っている。

2

Ⅰ章の「畦道《あぜみち》の詩《うた》」には四十篇が収められていて、少女の頃に畦道で野の草花や昆虫と戯れていた時間が広がっている。冒頭の詩「耳をすませば」の一連を引用する。

春はかげろう　畦道小道
ものみな芽吹く　四月の空に
若草萌えて　そよ風に舞う
野原はレンゲの　花盛り
菜の花や　甘い香りに酔いしれて

七七調や七五調によって紡ぎ出される詩行は、例えば「春はかげろう　畦道小道」のように私たちを言葉の響きによって目の前に広がる「畦道」を歩く心地にさせていく。「若草の萌えて　そよ風に舞う」ような視覚と聴覚、「菜の花や　甘い香りに酔いしれて」しまう嗅覚などの春を迎える感受性が展開される。二連目の「畦道の草　よみがえるとき」に「青空高く　ひばりときめく」瞬間が訪れ、三連目の「耳をすませば　聞こえてくるよ／生きとし生ける　もの達の声」がいたるところから堀田さんの全身に届いてくるのだろう。堀田さんはその「生きとし生ける　もの達の声」を記していく。

例えば植物においては、なずな、つくし、ねこやなぎ、ユキノシタ、ハルジオン、桜、たんぽぽ、大樹、サクランボ、牡丹の花、合歓の花、シロツメ草、石榴、くちなしの花、ノウゼンカズラ、酔芙蓉、母子草、ダルマ菊、彼岸花、ダリアなどだ。その中でも詩「なずなの詩」は堀田さんにしか書けない味わいがある。

なずなの詩

七草なずな　七草粥に
春の野に　なで菜
なでるように愛でる
十字型の白い花
いつの日か
かんざしとなり
「全て君に捧ぐ」の花言葉

逆三角形の愛の花
遠き日の思い出は
それぞれのハートの中に
ペンペンと三味の音
耳元に優しく響く

なずなは昔は冬場の貴重な野菜である七草の一種であり、身近であったから少し軽んじられ、種の袋が三味線のバチに似ているからぺんぺん草という別名も付けられたのだろう。そんななずなの花言葉「全て君に捧ぐ」から堀田さんは淡い恋心をハートの奥に想起してなずなの詩を作り出したのだろう。撫ぜて愛でたくなる花であり、花の散った後の種をバチにして恋心を歌い出してしまう素敵な花に、なずなが見えてきた。

また昆虫においては、カナブン、カミキリムシ、バッタ、アゲハ、蚊、スイッチョ、蟬、蜘蛛、つばめ、芋虫、へっぴり虫などだ。その意味で堀田さんは、この世の森羅万象を垣間見てそれらの魅力を詩にしたいという遊び心を秘めて詩作しているが、それだけでなく限られた命の時間の中で健気な生き物たちに強い敬意を抱いていることが読み取れる。I章の最後に置かれている詩「お地蔵様」を引用する。

お地蔵様

わたしをいい子にして下さい
お守り下さい　お地蔵様
祈ったら
いい子になれたような気がした
お守りされているようで安心した
お地蔵様ありがとう
赤いエプロンよだれかけ

作ってお返しいたしましょ

十歳の少女の頃に芽生えたお地蔵様にお祈りをして「わたしをいい子にして下さい」という思いが伝わってくる詩だ。このような少女の純粋な思いを詩に宿そうとすることが堀田さんの詩なのだ。今の街に子供たちが祈る「畦道」のような場所があるだろうか。大人たちは、畦道のような子供たちが自然に触れる場所を残したり創ったりするべきではないか、そう堀田さんは願っているのではないか。

3

Ⅱ章「私が子供だった時」六篇は堀田さんの戦後の故郷の農村地帯を家族の暮らしを通して描いた詩篇で、前詩集の続編的な要素もある。Ⅲ章「愛の歌」二十八篇は父母、夫婦、親子、親族、初恋の人、この世界への愛など、様々な愛の在りかを思い起こさせてくれる詩篇だ。Ⅳ章「あれから72年」二十七篇は、戦後の様々な社会的な問題、戦争と平和、いじめによる殺人などを直視して描いた詩篇群だ。Ⅴ章「恩送り」二十四篇では、困難な社会情況の中でいかに人は、自分が受け続けてきた「恩」を感謝を込めて他者に「送る」ことが出来るかという精神性を記している。その詩「恩送り」を引用したい。

恩送り

恩人・恩師・恩愛・恩情・恩讐・恩義・恩赦
恩知らず・恩返し・恩に着せる・恩を仇で返す

恩のつく字は数々あれど
恩送りとはこれ如何に
広辞苑にも大辞苑にもない言葉
「恩送り」

ペイ　イット　フォーワード
Pay　It　Forward
己の受けた恩をいつか人に返すこと
人間として　当たり前の行為
見返りを求めない　さりげない優しさに
人は救われる
あなたに支えられ
あなたを支え
人の世は持ちつ　持たれつ
「恩送り」の精神
今の時代によみがえったなら
きっと暮らしやすいに違いない

堀田さんの「Pay　It　Forward／己の受けた恩をいつか人に返すこと」の精神は、奇跡のようにこの世界に現れいつか消えていく人間存在を本来的に謙虚にさせる最も大切な心の在り様だろう。堀田さんが詩を書くことの意味は、「恩送り」の精神を再認識し、それに立ち還り、「見返りを求めない　さりげない優しさ」に満ちた世界を作ることに寄与したいという願いだろう。その願いは堀田さんだけの願いではなく普遍性のある人類の課題でもある。そんな堀田さんの新詩集『畦道の詩』における野草や昆虫とのお喋りやその果ての思索の跡を辿って欲しいと願っている。

あとがきにかえて

あとがきにかえて　未来の子供たちへメッセージ

「あした天気になーれ」

生まれくる子供たちよ
雪のように柔らかいはだ　天使のような可愛いしぐさ
微笑み返し　歓喜にあふれたその姿　珠のような存在
あなたは純真でしなやか　自然のままの
なんと沢山の贈り物を　私達に恵んでくれたことでしょう
神様からの授かりもの　目に入れても痛くないこの命

種は蒔かれて　芽を出しました
あたたかい大地に根を張り　育っています
燦々と陽を浴びて　すくすくと
虐待という悪魔から守られていますか
大人たちよ　スマホに子守をさせていませんか

水が欲しい時には　水をあげていますか
肥料が必要な時に　肥料を施していますか
害虫に気を付けていますか

子供たちは本当の子供時代を遊び　楽しんでいますか
三つ子の魂百までも　の　言葉の持つ力を信じていますか
溢れるほどの愛情を　享受して育っていますか
戴いた愛で　彼らは大人になり　花を咲かせます
期待ばかりで　彼らを束縛してはいませんか

お祭り好きな家庭には　お祭り大好き人間が生まれます
鐘の音が聞こえて来たら　心ワクワク踊りだし
太鼓をたたかないではいられないことでしょう
本の好きな親には　本の好きな子が育ち
音楽愛好家のもとに生まれてきたら　歌わずにはいられない
きっと　いい耳を持つ子になるでしょう

画家の子だったとしたら
描くことに楽しみを見出す大人になるでしょう
スポーツ大好きの　両親だったとしたら　よりたくましく
山を愛し　海を愛し　自然を愛し　他者を愛し　自分を愛す
人生は自分探し　子供時代にこそ土台基礎が組まれます
おんぶにだっこ　膝枕に腕枕
いつか愛された思い出があれば　人生転んでも立ち上がれるのです

育てたように子は育つ　好きこそものの上手なれ
氏より育ち　置かれた環境で　育つのです
蛙の子は蛙　トンビは鷹を産まないらしいですが
勤勉な家庭には勤勉な子供　子は鏡なのですね

適時性　の　存在を知っていますか
親にできることは　ただ一つ　臨界期を逃さないこと
適時性を知り　環境を整えてあげることなのです

必要な時期に　必要なだけ栄養をあげることこそ　親の役目
子供のしなやかな脳や体の細胞に　すべては刻み込まれ
子供はどんどん子供になってゆき　やがて大人になれるのです
あとはただ　見守ることしかできません
貧しい子供時代ほど不幸なことはありません
あの時　ああしておけば　よかった
なんて思っても何の意味もありません
雨の日には　雨の中を　嵐の日には　嵐の中を
雪の日には雪の中を　あした天気になーれ
人生は楽しむために　あるのです
子供達よ　子供時代を　楽しんで生きて下さい
大人になって　あなたを支えてくれるのは
子供時代の「あなた」なのです

二〇一七年一月

堀田　京子

堀田京子（ほった　きょうこ）　略歴

一九四四年、群馬県生まれ。元保育士。
現在、合唱やオカリナサークルのボランティア活動中。
「コールサック」（石炭袋）会員。

〈著書〉
二〇一五年　詩集『くさぶえ詩集』（文芸社）
　　　　　　詩集『大地の声』（コールサック社）
　　　　　　詩選集『平和をとわに心に刻む三〇五人詩集』に参加
二〇一六年　エッセイ集『旅は心のかけ橋』（コールサック社）
　　　　　　詩選集『少年少女に希望を届ける詩集』に参加

詩選集『非戦を貫く三〇〇人詩集』に参加
二〇一七年　詩集『畦道《あぜみち》の詩《うた》』（コールサック社）
他多数

〈受賞歴〉
現代日本文芸作家大賞、日中韓芸術大賞、日伊神韻芸術優秀賞、日独友好平和賞、モンゴル英雄作家光臨芸術賞など。

〈現住所〉
〒二〇四‐〇〇一一
東京都清瀬市下清戸一‐二二四‐六

石炭袋

堀田京子詩集『畦道《あぜみち》の詩《うた》』

2017年2月3日初版発行
著者　　　　　堀田京子
編集・発行者　鈴木比佐雄

発行所　株式会社 コールサック社
〒173-0004　東京都板橋区板橋2-63-4-209
電話 03-5944-3258　FAX 03-5944-3238
suzuki@coal-sack.com　http://www.coal-sack.com
郵便振替　00180-4-741802
印刷管理　（株）コールサック社　製作部

＊装幀　奥川はるみ

落丁本・乱丁本はお取り替えいたします。
ISBN978-4-86435-282-6　C1092　￥1500E